KB149331

성지곡 수원지

황금알 시인선 284
문학청춘작가회 동인지 6

성지곡 수원지

초판발행일 | 2023년 12월 22일

지은이 | 이일우 외
펴낸곳 | 도서출판 황금알
펴낸이 | 金永馥
주간 | 김영탁
편집실장 | 조경숙
표지디자인 | 칼라박스
주소 | 03088 서울시 종로구 이화장2길 29-3, 104호(동숭동)
전화 | 02)2275-9171
팩스 | 02)2275-9172
이메일 | tibet21@hanmail.net
홈페이지 | http://goldegg21.com
출판등록 | 2003년 03월 26일(제300-2003-230호)

값은 뒤표지에 있습니다.

ISBN 979-11-6815-072-0-03810

성지곡 수원지

문학청춘작가회 동인지 6

황금알

등으로 나무 밑둥치를 두드린다
두드리다 말고 몇 발짝 앞으로 나와 뒤돌아본다
고개를 끄덕이며 나무를 우러러본다
다시 나무 아래로 가서 손바닥으로 밑둥치를 친다

계곡이 절벽의 발목을 더듬으며 돌아간다
깊숙이 뚫린 바위틈에서 서늘한 바람을 토한다
물소리가 너럭바위 무당의 칼춤을 휘몰아 간다
한동안 빠져 있으니 햇살이 비켜난다

네 곁에서 지내는데 외롭다
제법 놀았다 싶은데 명치 휑하다
두드리고 치다가 쓰다듬어본다
나무 밑둥치 흔들린다
물소리 잦아든다

너를 밤새 받아쓴다
청춘아!

문학청춘 작가회 회장 이일우

차 례

시

수필

김요아킴

1969년 경남 마산 출생

경북대 사대 국어교육과를 졸업

2003년 계간 『시의나라』와 2010년 계간 『문학청춘』 시부문 신인상 등단

시집으로 『가야산 호랑이』 『어느 시낭송』 『왼손잡이 투수』 『행복한 목욕탕』

『그녀의 시모노세끼항』 『공중부양사』, 산문집 『야구, 21개의 생을 말하다』,

서평집 『푸른 책 푸른 꿈』(공저)

2014년 『행복한 목욕탕』 2017년 『그녀의 시모노세끼항』 2020년 『공중부양사』가

한국문화예술위원회 문학나눔 우수도서로 선정

2020년 제9회 백신애 창작기금 수혜

한국작가회의와 한국시인협회 회원

현재 부산 경원고등학교에서 국어교사로 재직 중

이메일: kjhchds@hanmail.net

성지곡 수원지

햇살을 가두고 하늘을 향해
쉼 없이 오른 편백扁柏의 노동이
거대한 군락의 발화점이 되었다

제방의 물길이 어디로 흐르는지
힐끔힐끔 목을 내밀며 그려낸 나이테는
벌써 백 번의 원심력으로 시도되고 있다

이민족을 위한 생명수가 마련된 거처
강제한 이식의 역사 속으로
뿌리를 내리기란 결코 쉽지 않았을 게다

한 뼘씩 식민의 아픔을 속죄하며
고백하듯 뿜어내는 피톤치드는
오늘의 숨결을 바로잡는 성사聖事였다

그 키 높이만큼 이어진 순례길
변하지 않는 기도의 꽃말처럼, 저만치
물의 지문들이 성큼성큼 찍혀오고 있다

백양산자락을 이어 붙이다

새벽녘, 아파트 입구 편의점을
기습한 멧돼지 소식에 당황한
증거들이 현장에 널브러져 있다

산에 있어야 할 야성을
어찌 이곳까지 옮기려 했는지
지나온 족적이 궁금하다

산자락에서 박살 난 유리문까지는
가늠할 수 있는 세월에 반비례해
난무한 욕망의 뻘밭을 지나야만 한다

분명 콘크리트로 다져진 단단한 신념과 냉정하게 가로지
른 아스팔트의 무거운 침묵, 그리고 골목 담장 높이 견제하
는 의심의 눈초리를 무사히 횡단해야 가능한 일이다 이 관
문을 통과해야 할 한 생명의 욱신거림이 고스란히 CCTV에
매달려 전해온다

매번 등산화 동여매고 역으로

그 길을 탐문할 때마다, 곳곳의
그 흔적들을 이어 붙이기란
결코 쉽지 않았다

4월 22일, 기후 진맥 시계
— 부산 시민공원에서

내가 태어난 다음 해부터
내가 발 딛고 숨 쉬는 이곳을, 이미
걱정하는 목소리로 응결된
사월하고도 스무이튿날,
무의식적으로 내게 발견된 건
거꾸로 가는 시계 하나였다

양지바른 남쪽, 장엄한
메타세쿼이아의 추모행렬을 받으며
초 단위로 명멸해가는 붉은 메시지,
그 옆으로 젖니 유난한
유모차 속웃음이, 찰칵
환한 배경이 돼 주었다

두툼한 소고기 패티로 무장한
빵 한 입을 베어 물며
흘러내린 치즈를, 서둘러
플라스틱 빨대로 음미하다
몇 리터의 휘발유로 드라이브 스루 하기를

참으로 잘했다며 자위하는
주말 오후의 평화로운 여유, 하지만

녹아내리는 빙하를 헛딛는 북극곰의 당황스러움과
키만큼 높아진 바닷물의 습격에 놀라는 원주민들
타는 목마름의 저편으로
노아의 방주를 만들어낼 비의 기세에
죽음보다 더한 두려움을, 시간은
이미 예감하고 있는 중이었다

김선아

2011년 『문학청춘』 시부문 신인상 등단

시집 『얼룩이라는 무늬』 『하얗게 말려 쓰는 슬픔』

제3회 김명배문학상 수상

2023년 한국문화예술위원회 문학나눔 우수도서 선정

이메일: treeksa@daum.net

흰색 만장

폼나는 여행가인 줄 알았다. 눌린 벙거지 쓰고 귀에 연필 꽂은 측량기사. 생전 안 가본 곳 없는, 자유로운 영혼인 줄 알았다.

― 가족여행 가요.
― 함께 가요.

― 나 혼자 가야 한다. 맨손으로 측량할 게 많다.

고집 센 아버지, 결국 모든 장비 내려놓고 떠나셨다.

측량 장비에 수많은 지문들기 옹이져 있었다.

붉은 적막에 헛발 디뎠던 동백해안. 난해한 지형을 지름길로 긋다 분질러진 흰색 깃발. 슬픔을 몇만 분의 일로 축소하려 시도했던 도면. 이익의 대축적지도를 요구한 개발업자의 집요. 그러나 무엇보다 고독의 극지에서 사랑과 희망을 측량해 보려 밤잠 설쳤던

— 자상하신 아버지, 흰색 만장 휘날리며 우리끼리 가족
여행 다녀왔어요.

나에겐 약불이 있다

창밖에 함박눈 내리고 마늘 까면서 TV를 보았다. 재벌가 결혼 소식이었다. 부러우면 지는 것이라 했던가, 불현듯 신행 첫날 사건이 떠올랐다.

우물물 쨍하던 정월. 새벽같이 일어나긴 했는데 간밤에 시어머님 몸살 심하셨나 보았다. 가마솥에 쌀 안치고 아궁이 앞에 쪼그려 앉았다. 어쩌나, 나뭇가지 꺾어 불 지피려는데 연분홍 치마에 호르르 불이 붙고 말았다.

시어머님 독감이 씻은 듯 나으셨다.

지퍼

그 말씀이 지퍼였다.

뉘시오
고마워요

요양병원에 계신 어머니. 한참 만에 찾아간 면회실에서 사탕 하나 입에 넣어드리니 반색하신다. 자꾸 씨앗 빼낸 해바라기 꽃판처럼 웃으며 '뉘시오. 고마워요.' 그 말씀만 지퍼처럼 열었다 닫았다 하신다.

뒤돌아설 때였다. 어머니는 내 핏줄의 고리를 살그머니 당기셨다. 내 허울에서 헛꽃 왈칵 쏟아졌다. 그 틈새 비집고 '어머니, 지퍼 여닫는 거 힘드시지요. 지퍼 없는 옷 사드릴게요.' 얼른 헛말을 텅 빈 해바라기 꽃판에 심고 지퍼를 닫아드렸다.

문득 먹장구름이 속상해 죽겠다는 듯 자동차 시동을 건다.

민창홍

충남 공주에서 출생
1998년 계간 『시의나라』와 2012년 『문학청춘』 시부문 신인상 등단
시집으로 『금강을 꿈꾸며』 『닭과 코스모스』 『캥거루 백을 멘 남자』
『고르디우스의 매듭』
제4회 경남 올해의 젊은 작가상,
경남문협 우수작품집상 옥조근정훈장 수상
2015년 한국문화예술위원회 문학나눔에 『닭과 코스모스』가 선정
계간 『경남문학』 편집장 및 편집주간, 마산교구가톨릭문인회,
문학청춘작가회, 민들레문학회 회장, 성지여자고등학교 교장을 역임
현재 마산문인협회 회장, 경상남도문인협회, 경남시인협회 부회장,
(사)시사랑문화인협의회 영남지회, 경남문학관 이사, 한국문인협회,
한국시인협회 회원으로 활동

이메일: changhongmin@hanmail.net

사막으로 가는 길

별을 만나러 간다
사막이 되어가는 내가 사막으로 가는 길
쐐기풀 먹으며 멍때리는 낙타
별을 기다리다 보면
염소와 말들이 한가롭게 풀을 뜯는 초원
가벼운 발걸음으로 노을이 다가와서
지친 영혼을 어둠이 꼭 안아 주고
전쟁영화의 한 장면 같이 대포의 불빛으로
때론 공장 굴뚝의 연기에 덮여 사라졌던 별들
언젠가는 촛불처럼 잠시 빛났다가
잠들지 못하는 도시의 불빛에 쫓겨
건조한 아픔을 빨아먹고 일시에 뿌려놓아
사막의 심장은 팝콘처럼 터진다
가슴마다 벅차게 쏟아져 내리는 별
빛의 물결이 되고
별이 진다는 것은
태양과 즐겁게 임무를 교대하는 것
애써 위안하며
푸른 눈의 상인을 따라

등짐을 지고 오물거리는 낙타의 입가 거품
하늘에 뿜으면 쌍무지개 떠오르고
커다랗게 뜬 눈동자 아련한
지평선 너머에는 실크로드가 보인다
나무 대신
사람 대신
별들이 살아가는 사막
차도를 가로지르는 양 떼들
목동이 없어도 그들이 가는 길
사막이 되어가는 내가 사막으로 간다

열려 있는 방

도둑은 흔적 없이 다녀가는 법인데
장롱문이 다 열려 있다
아래 서랍도 열려 있다

의심은 의심을 낳는다고 했던가
아파트 경비실 CCTV부터 살펴봐야 하나

심지어 창문도 모조리 열려 있다
바람이 방 구석구석을 훑고 있다
이게 웬 난리인가

세탁된 와이셔츠를 휙 낚아채고
원피스 치맛단도 들어 올리고
피부가 뽀송뽀송한 바람난 풍경이다

누군가를 해코지해 본 일이 있는가
난감하다

창가에 바람이 매달아 놓은 안개꽃

구름 속으로 햇살을 밀어 넣고
빗방울 뿌린다

아내에게 전화가 온다

갈비탕

사랑하는 사람에게
사랑하는 사람은 기쁨입니다

장작 땔 때는 연기 눈발처럼 창밖에 날리고
허름한 옷차림의 주인 여자가
갈비탕을 준비하는 동안은

사랑하는 사람은
사랑하는 사람에게 화가 납니다

파리똥 간간이 찍힌 꽃무늬 벽지
벽시계 초침 느긋한 식당
갈비탕이 먹고 싶었다는 말

사랑하는 사람에게
사랑하는 사람은 눈물입니다

삶과 죽음을 주문하고
갈비탕이 도착하기 전에 가슴을 움켜쥐며

응급실로 떠나는 동안은

사랑하는 사람은
사랑하는 사람에게 행복입니다

주검마저도 거룩한 영안실
해부학 교육에 맡겨진 자신을 지켜주는
갈비탕의 약속

엄영란

2012년 『문학청춘』 시부문 신인상 등단
시집 『장미와 고양이』

이메일: yran0624@hanmail.net

그 어린 저녁

창 사이로 저녁이 들어온다
그 저녁을 바라보다가
망아지같이 분주하던 그때의
나를 생각한다

밥을 먹고서도 출출하던 저녁
아재네 사랑방에 하나, 둘 아이들이 모여들고
땟국이 흐르는 이불 밑에
옹기종기 들이민 발들은
겨울보다 더 무서운 이야기에 자지러지고
화장실 구석에 서 있는 빗자루 귀신
똥통에서 솟아올라
슬그머니 엉덩이를 닦아주는 귀신 이야기 속으로
간간 개가 컹컹거리고
밤은 시커먼데

밤은 자꾸 이슥해지고
이긴 팀은 뒤꼍에 김치 훔쳐 오고
진 팀은 솥 속에 든 밥 훔쳐 오고

윷가락이 올라갔다 떨어질 때마다
까르륵까르륵 뒤집어지고
김치가 밥이 되고
밥이 김치가 될 때쯤
밤은 자꾸 깊은 곳으로 달음질치고

상사화 피었다고

선운사 가자 했습니다

길은 아득한데 그저
꽃이 보고 싶다 했습니다

극락교 이쪽 꽃은 벌써 모가지 꺾였다 했습니다
그늘진 뒤쪽은 더 오래 핀다 했습니다

몇 번을 가도 그 자리인
장사송을 또 지나간다 했습니다

온 하늘이 자꾸 서쪽으로 붉어진다 했습니다
어쩌면 꽃무릇 탓인지도 모른다고

상사화 피었다고
선운사 가자 했습니다

꽃무릇도 피었다고
상사화처럼 피었다고

도솔암 마애불이 새겨진 바위에
구멍 숭숭 뚫렸다고
상사화는 어쩌라고
저 속 저리 환하냐고

상사화 피었다고
선운사 가자 했습니다

마당 귀퉁이에 심어 놓은
상사화 네 송이 피었다고
그는 바위처럼 말했습니다

유담

2013년 『문학청춘』 시부문 신인상 등단
문학청춘작가회 초대 회장, 한국의사시인회 초대회장
서울의대 및 同대학원 (의학박사), 한림의대 교수
제1회 문학청춘작가회 동인지 작품상 수상
시집 『가라앉지 못한 말들』 『두근거리는 지금』 등
산문집 『늙음 오디세이아』 『의학에서 문학의 샘을 찾다』 등
현재 의학과 문학 접경 연구소장, 쉼표문학 고문,
한국의사수필가협회 회장, 씨엠병원 내분비내과 과장

이메일: hjoonyoo@gmail.com

겨울 동백

겉옷처럼 흰 눈이 내린다

세상의 모든 체온 한 가지 색깔로 식어가고
눈길 닿는 가로수
가지 끝에 체온을 달아
슬며시 떠나보내며
소복은 서러울까 두려워
동백 얹어 주춤거리는
붉은 고갯길

한 송이 두 송이
오르며 쌓이고
쌓이며 내려

겨울은 동백 속에
색깔을 여미고

시선

숨 가쁘다 나의 시선
언덕에 올라
빈 들녘 떠도는 허파꽈리를 찾는다

여덟 시간짜리 수술대 위
먹구름처럼 묵직한 마취에 눌려
허술한 가슴 쪼개어 떠나보낸 붉은 공기 방울들
회복실까지 따라와 머뭇거리던
오십 년 묵은 정에
악성종양이 귀엣말로 속삭인
외마디 이별사로
흐릿한 시선을 달아주었지

이 저녁,
붉게 지친 시선들 저리 쓸려지는데
이제는 이별사를
또렷이 읽을 수 있을까
헐떡이지 않고 읽을 수 있을까

불면

내 생애 가장 목마른 시간이었다

그날은 일상도 꽤 괜찮아 해가 지고 나서야 달이 떴다
어둠도 순서를 순순히 지켰다

거친 손등이 침상에 올려지고
굳은살의 관성은 요 위를 오갔다
하루 마실 양만큼 축축한 밤의 껍질들
손등에 얹어 그 습기를 살갗 속으로
밤은 보습에 충실했고

한 겹의 이불에 덮인 허술한 증발이
문득 어둠의 기척 속으로 빠져드는
영상에서 가까스로 건져낸
시력 한 쌍

한 쌍의 시력이 훑고 남은
이제 건초처럼 말라버린 눈꺼풀에
해 뜨고 달 뜨는 소리

흙을 두들겨 꽃 피우는 소리
구름 짓눌러 낙엽 내리는 소리
그 소리에 이름을 붙여
그 이름에 영상을 심어
심지어 위대한 생각을 덧대어
어둠 속을 서성거리며
서로 이름만 불러

건초처럼 말려낸 밤이 두리번거리며
새벽으로 쓸려가는 건조에 잠눈을 붙여
출렁대는 자리끼
관성처럼 엎지른 적이 있다

정은영

1976년 경북 의성 출생, 상주 성장
2013년 『문학청춘』 시부문 신인상 등단

이메일: elleyjung@gmail.com

혼자 아홉 개 검은 알프스의 모든 꼭대기에서*

눈 감으면
투박한 도그리브어*
헝가리어나 이누이트어로 속살대는
바람의 찬트

눈뜨면
기울어진 능선 타고
끓어오르는 바다

보여주렴, 모두에게,
예배당, 텅 빈,
끝을, 전부를,
돌려받고 싶었어,
갓 태어난 세계의 잠동사니
제자리에 놓인 다리는 어디에도 없고
큰소리로 마지막이 결정됐느냐고 묻고 싶지만

검은 공동空洞 가득 파도를 채우고
온몸을 흔들며 눈빛[雪光]을 털어봐도

희망은 역시 빈자리로 흘러든다
냉혹한 중력
왜곡된 각운과
분명해진 불꽃이 슬금슬금 다가올 때

담담한 마오리어
헬라어나 리보니아어*로 흥얼대며 하루 한 번
뒷머리 빗은 카이로스가 달려오지만
벌거숭이가 흘리고 간 칼자루를 주워
뒤늦게 꼭대기마다 오르는 건 언제나 사람

내가 잘 아는 뒷모습이었다고 쓴다
아홉 개의 고비와
아홉 밤의 절정마다

어제 삼킨 해와 달
밤에 부순 목숨들 떠올리며

깎아지른 절벽 아래

입이 없는 한 사람
울음 다한 눈으로 가라앉은 수평선을 좇는다
뜨겁게 손발을 닦는다

* 「배송원들」, 『에어리얼』 실비아 플라스, 진은영 역. 엘리(2022)
* 도그리브어Dogrib: 캐나다 노스웨스트 준주의 도그리브족 1,735명이 사용하
  는 언어(2016년 기준, 위키백과).
* 리보니아어līvõ kēļ: 북유럽 라트비아의 리보니아족의 언어. 2013년 6월 6일
  마지막 사용자 그리젤다 크리스티나가 향년 102세의 나이로 사망하면서 사어
  가 되었으며 현재 제2외국어로 약 40~220명이 사용 중이다(위키백과).

2023년 8월 26일* 오전 7시

우물에, 우울에
인간 몇쯤 빠져 죽어도
저를 두고 정쟁해도
사흘째 핵폐기수를 흘려보내도
잠잠하다 바다는

아침부터 선착장을 떠도는 비린내
거리엔 버려진 낚싯바늘, 캔과 비닐들
방파제엔 보름째 서 있는 스쿠터
개미보다 검은 다이버들이 줄지어 산소통을 싣는다
배 한 척 떠나자 진한 기름 냄새 내려앉고
물끄러미 한라산은 본다
두 눈을 맞추며 끝내 아이를 진정시키려는 어머니처럼

투명한 새우떼
자리돔과 고래들
성게와 돌산호
참복, 가시복과
톳, 해가리비들

아테놀롤*의 바다
트리튬*의 바다
미세 플라스틱의 바다에 목숨 맡기고
홀로 뭉크러지는 아가미들

바람이 분다,
인간 몇쯤 밟혀 죽어도
잘박잘박 귓속까지 바닷물이 차올라도
아이들 입속 가득 솜을 넣고 꿰매도
시끄럽게 독배를 권하던 세상이 고요하다
오늘은 적막하기도 하다

* 2023년 8월 24일 오후 1시부터 일본 정부는 2011년 3월 이후 후쿠시마 원전
  사고로 인해 지속적으로 생겨난 냉각수(핵오염수) 130만 톤을 태평양에 방류
  하기 시작했다.
* 아테놀롤: 고혈압약의 성분.
* 트리튬: 삼중수소. 방사선 오염수의 주성분.

있다

가정假定과 부재不在의 날들 속에 핀
미세한 보풀을 찾아
손톱을 세워 뜯는다

평형추는 어제보다 가벼워
떨거나 심지어 혼자서도 비틀거리지
무얼 지키던 중인지 모르고
내일을 꿈꾸지만

비가 와도 정화되지 않아
누구와도 공감되지 않아
함께하면 더욱 허기가 지고

나를 죽이고 싶은 나와
내가 죽은 내가 만나 만들어낸 침묵은
홍수 속에 우뚝 솟은 유일한 미끄럼틀

줄지어 매달린다
오르락내리락

태양은 높고
모자람 없이 빛나는데

은총의 빛을 받기 위해
열 손가락을 펼쳐 보이며
이렇게 너는 살아 있다

김미옥

경북 의성 출생
2014년 『문학청춘』 시부문 신인상 등단
시집 『어느 슈퍼우먼의 즐거운 감옥』 『목련을 빚는 저녁』
동화집으로 『홍시와 고무신』
제2회 문학청춘동인지작품상 수상
선경문학상 운영위원, 문학청춘 기획위원으로 활동 중

이메일: ioi103408@hanmail.net

겹겹

장미는 별을 보며 붉어간다지

문장을 넘길 때마다
장미는 겹겹 불의 이파리였다지

완성된 불꽃을 건네줄 애인도 없이
나는 혼자서 시를 읽네
시들기 전에
한 문장 한 문장을 꽃잎처럼 뜯어내면서
오래된 시의 집을 허물고 있네

별이 된 시인과 장미에 대해 생각하네
별들은 어둠을 겹겹이 입고
꽃잎은 붉은 향기를 위해 겹겹 쌓이고

꽃잎을 버리고
봄밤을 견디는 시절이 지나가고 있네

모래의 책

우리는 백사장에 둘러앉아 모래의 책을 읽고 있었다 한번 읽으면 다시 읽을 수 없는

어떤 페이지 속에선 희고 곱고 여리디여려 금방 무너져 내릴 모래성을 쌓기도 하였다

바닷물에 밀려가고 밀려오는 가벼워질 슬픔은 잊기로 했다

야! 눈이다
해변 저쪽에서 누군가 소리쳤다

너무 가까워 보이지 않는 떨림으로 허공 가득 눈이 내리고 있었다 부드러운 동작으로,

춤을 추듯 내려앉는
먼 곳의 낱말들

오래 볼 수 없을 것 같은 예감에 저마다 갖고 있던 마음의

볼륨을 낮추며 우리는 잠시 말을 버렸다

첫눈은 금세 멎었고
우리는 다시 모래의 책을 펼쳐 읽기 시작했다

꿈

먼 옛날의 부엌에 딸린 광이었던 것 같기도 하고
분명 광이었는데
뜨거운 물이 펄펄 끓는 너른 욕탕이었던 것 같기도 하고

무엇이 생으로 튀겨지는지
펄떡펄떡 뛰어오르고 구부러지고 꼬이고
알 수 없는 괴성으로 집이 무너져 내릴 것 같다

가만히 보니
실뱀들이 구불거리고 있다
쩍쩍 벌린 입이 몸의 절반인 뱀들이
몸을 부풀린 뱀들이

벽이 덜덜 떨리고
몸을 부풀린 뱀 떼가 집어삼킬 듯 다가와
제각각의 방향으로 집을 끌어당긴다

수많은 입술을 빠져나온 뱀들이 우글거린다
어둠을 가린 얼굴 속에

피가 차가운 뱀들이 내가 뱉어온 말들이
길게 꼬리를 끌고 간다

온방을 기어 다니며 뱀 굴을 막는다
여기저기 허물을 벗은 꿈들

이강휘

2014년 계간 『문학청춘』 시부문 신인상 등단
시집 『내 이마에서 떨어진 조약돌 두 개』(수우당, 2019)
마산무학여자고등학교 재직 중

이메일: hwiyada@naver.com

맥주를 마시면 편지를 쓸지도 모르죠

냉장고가 맥주로 가득하면
어지러워질 생각에 설레요.
흔들리는 땅에 살고 있으니까요.

혼자가 편하니 외로움은 덤 같아요.
고독할 만한 장소에 숨어 있으면
사람들이 인류로 보여요.
그럼 편지를 쓰고 싶어져요.
피차 주소는 잘 모르지만요.

잠이 들지 못한다고 꿈까지 없는 건 아니죠.
꿈속 들판엔 향기 없는 꽃이 자라고
숲에는 나무가 없어요.
그럴 땐 맥주 한 잔 마시고
혼자서 자리에 눕습니다.
오늘은 꿈보다는
조금 어지러워지고 싶거든요.
살짝 편지도 쓰고 싶고요.

빨래 같은 시인이면 좋겠다

세탁기에 돌아가는 빨래들
저들처럼 살고 싶다.
언젠가 품었던 열정을 훔쳤던 수건
짓누르는 무게를 이겨낸 생채기로 지저분해진 양말
남들에게 색을 내어준 지 오래인 티셔츠와
가장 낮은 곳을 묵묵히 견뎌낸 속옷들
저것들이 한데 모여 더는 빠질 게 없을 때까지
이리 돌고 저리 뭉치며
짜고 짜도 마르지 않을 물기를 품으며
이리 돌고 저리 뭉친다.
그러다 건조대에 걸쳐져 빠짝 마르면
제자리를 찾아가 제 몫을 하고
일을 마치면 다시 몸을 숙이고
세탁기 속으로 돌아가겠지.

저 빨래같이 살고 싶다.
등 떠밀려 돌면서도 제 물기를 품을 줄 알고
빠짝 건조된 후에는 기꺼이 등 떠밀릴 준비하는 저 빨래

나도
시를 쓰면서도 시를 품을 줄 알고
품은 시를 흔흔히 내어놓을 수 있는
저 빨래 같은 시인이면 좋겠다.

손영숙

2014년 『문학 청춘』 시부문 신인상 등단
시집 『지붕 없는 아이들』
제5회 『대구문학』 올해의 작품상 수상
제4회 문학청춘동인지작품상 수상

이메일: sys267@hanmail.net

끄트머리

이놈, 너 막내지?

봄비 한 입 몰래 머금고
메마른 가지 끝에 혼자 살이 올랐다
재바른 달음박질 겨울을 차고 나와
꽃소식 기다려 바람 따라 흔들린다

방울방울 봄비가 가지 끝에만 달린 건
엄마도 누나도 첫 새벽에 밥해서 막내부터 먹인 듯
저도 알고 미안해서 볼 붉혀 꽃잎 하나 겨우 입에 빼물었다

빗방울 연가

왜 모르랴
격자무늬 창 앞에
머물고 싶은 네 마음

발소리 죽여 다가와
조곤조곤 속삭이고 싶은,

두 손으로 두드려보고
귀 기울여 기다려보고

회오리쳐 달려와
손나팔로 외쳐보아도

끝내는 닿지 못하는 그 마음
왜 모르랴

눈꺼풀 위에 앉아보고
입술 위에 미끄러져
귓불에라도 가 닿고 싶은

그리고 맨 나중
가슴팍에 기대어 잠들고 싶은
왜 모르랴 그 마음

끝내는 기운 절벽을
타고 내려 눈물 기둥으로나 남아

방울방울 길고 짧은 음표
줄줄이 한 소절 젖은 노래로 매달린
그 마음 왜 모르랴

석양의 집

일제히 고개를 들었을 때
사진기 플래시 터지듯

반짝 뒷모습
풍덩 떨어져 들어가는
그때였어

산기슭 나무들이란 나무는 모두
숨을 멈추었다니까

쨍쨍 대낮도 아니고
으스스 새벽도 아니었어

숨 떨어지는 석양이
나무들 가슴에 빨갛게 도장 찍는 순간이었어

넌 내꺼야
점 찍어 두고 싶었던 때가 있었지

모든 이파리들 물기 거두어가는 계절
사람도 그렇게 가고
단풍 든 가을 숲이 석양의 집이었다는 걸 그제야 알았지

양민주

경남 창녕 출생
2015년 『문학청춘』 시부문 신인상 등단
시집 『아버지의 늪』 『산감나무』
수필집 『아버지의 구두』 『나뭇잎 칼』
원종린수필문학작품상 수상, 경남문학우수작품집상 수상

이메일: yamjng@naver.com

동백을 옮겨 심다

우수 즈음 봄기운 돌아도
뜰 안의 동백은 좀처럼 피지 않았다
산수유 피고 댓잎 푸르러도
동백은 피지 않았다
그 붉은 불길 확 피었다가
송이째로 떨어져야 동백인데
큰 나무 그늘에 눌려
봄의 문 열지 못했다
그늘의 무게를 지고 가는
그 여정 고단해 보였다
누구는 그늘이 좋다지만
봄바람 지나는 양지바른 곳으로
동백을 옮겨 심었다
동백꽃 그늘을 옮겨놓았다

겨울 산

부르튼 산등에 서 있는
겨울나무 바람에 흔들릴 때
개골꿃꿃 개골 개골
개구리 울음소리 들린다
봉긋한 무덤을 덮고 있는 낙엽
시린 바람이 벗겨내면
개골개골 개골
개구리 울음소리 들린다
산꼭대기 바위 위로
하얀 눈 내리면
개골개골 개골
개구리 울음소리 잦아든다
양초 같은 뼈 다 드러내어
흉금 터놓고 사셨던 어머니
하얀 눈옷 입으셨다

수진

2015년 『문학청춘』 시부문 신인상 등단

이메일: soojin372@hanmail.net

소의 눈은 화경畫鏡이다

허공이 보이는 소의 눈에선
무논을 쓰레질하시던 아버지의 모습이 어린다
풀 메뚜기 한 마리조차 쫓고 나서야 풀을 뜯는
저 순한 눈에서 아버지의 눈물을 본다
속으로만 삼켰을 질곡의 삶에서 감춰졌던 눈물을

저 지고지순한 울음이 곡식을 키우고
선한 발자국이 논밭을 기름지게 했던
아버지의 동반자
외양간에 먼저 모깃불 놔 주신 다음에야
우리들에게 모깃불을 피워 주시던 아버지

사람들에게만 그리움이 있다고 말하지 마라
함께 일하고 함께 먹을 때가 행복했었느니

농기계에 밀려난 소들의 삶은 흙냄새를 그리며
좁은 축사에서 제 몸에서 나오는 똥 가스에 누렇게 절다가
한창 일할 나이에 음매, 한 소리 허공에 묻는다

인도 사람들은 우유를 뼈에서 나오는 어머니 소리라 하고
힌두교도들은 소를 락슈미* 여신이라 믿는다고 한다
아마도 아버지께선 농신農神이라 믿으셨을 게다

음매, 음매, 이 짧은소리는 어쩜 말씀의 모태인지 모를 일
송아지는 태어나서 삼 개월 안에 음매를 구성하는데
사람은 빨라야 첫돌 무렵에 엄마라는 단어를 구성한다

풀 먹이 짐승들에게만 느낄 수 있는 선한 울음
우리가 맛에 끌려 무심코 집어 든 수입 농산물이
아버지의 눈물이고
소의 눈물이다

* 락슈미: 깊은 유해有海에서 심청이처럼 연꽃 위에서 연꽃을 들고 부富와 행운
  을 가지고 태어난 여신.

개심사의 범종

오카모토 유카에 의해 일본 신주쿠 세션
하우스 갤러리에서 열리고 있는
평화의 소녀상 전시회가
우익단체들의 반대 시위로 결국
철수되었다는 소식이 지면을 채우던 날

칠흑의 쇠벽을 뚫고 나온 뇌동 끝에
흘림체로 나부끼는 나비의 비상

종각 위 구름 한 조각이 역사의 한 장면을 기억해내고 있
었다

참회가 구름처럼 흘러나와 후드득 꽃비로 떨구던 노신사
우에다 씨의 눈물
그 선한 사람이 자국민이었다는 사실을
우익단체들은 알기나 할까

태평양 전쟁 당시 산사의 종은 물론 민가
의 쇠붙이들까지 공출시켜 무기를 제조

해 살상한 영혼의 안식처로 선뜻 개심사
에 참회의 종을 시주한 일본인

덩그렁 덩그렁 그 울림 울림은
침략자의 죄올시다 아비의 죄올시다
전쟁의 죄올시다

설판재자設辦齋者[*]
상전上田 조웅照雄
상전上田 조장照章
상전上田 진수秦樹
이름 여섯 자만 남긴 종

어처구니없게도
연대 조수의 기록조차 없는 범종을 보며
일천구백칠십칠 년 숫자를 머릿속을 헤집어 꺼내놓는 손
끝이 아리다

노랑나비 흰나비 호랑나비 희망나비

기억 나비가 푸른 눈물이 되어
떨어지는 영혼을 보았음일까

허다한 산사 다 제쳐놓고 개심사에
설판재자로 선뜻 나선
머리가 희끗희끗했던 순례자

그를 위해 시래기 된장국에
마음 한 조각 띄어주었을 뿐인데
이별 고개에서 손 한번을 흔들어주었을 뿐인데

참회의 회안을 밟고 돌아서던 세심동
자박자박 지름길로만 남았네

눈물보다 맑고 순한 종소리
에밀레종보다 거룩한 종소리
우레와 같은 분노의 종소리
가슴을 저미는 참회의 종소리
두 손 마주 잡는 화해의 종소리

시공을 뛰어넘는 평화의 종소리가

여기에 있음을

* 설판재자設辦齋者란 한 법회의 모든 비용을 마련하여 내는 사람을 뜻한다.

이일우

전북 무주에서 출생
서울교육대학, 가천대 국문과 박사과정 수료
2016년 『문학청춘』 시부문 신인상 등단
시집 『여름밤의 눈사람』(2021)
제3회 문학청춘동인지작품상 수상

이메일: ridssyong@hanmail.net

참꽃 10

울음 삼킨 동냥젖이다
꿈의 나른한 절규다
할렘 셰이크 막춤이다

글 모르는 귀신이다
색 머금은 눈물이다
허기 내모는 산불이다
열여섯 내림굿이다
다 주고 웃는 바보다

매번 새로운 숨은그림찾기다
하늘만 모르는 속앓이
행간이 비뚜름한 이마다

고운 빛은 어디에서 왔을까*

* 가수 정훈희의 노래 〈꽃밭에 앉아서〉 가사에서 따옴.

참꽃 11

삼백예순
그리움의 얼룩들

지금
풀어내는 중이야

참꽃 12

곁에 두고
온 산 헤매다가

이제야
네 앞에 선다

곽애리

1959년 강원도 평창 출생
1985년 미국 뉴욕으로 이주
2017년 『문학청춘』 시부문 신인상 등단
시집 『주머니 속에 당신』
현재 뉴욕중앙일보 칼럼니스트

이메일: songbirdaelee@gmail.com

이별

디아스포라라고 부르셨던가요?
방문의 끝날
공항 가는 길은 천지가 물망초
바위 아래에 눌러놓았던
심장 한구석에 숨겨 놓았던
내 가슴에서 갑자기
뭉클, 뜨겁게 치밀어 오르던 불덩이
눈물이 흐르지 않게
눈꺼풀에 힘을 주어
물 머금은 돌확이 되어
온몸을 조이고 다독이면
멀리,
유리창 밖 풍경으로 당신은 멀어지고
젖은 나뭇잎 한 장 덮듯
당신의 심장이 손수건 되어 펄럭인다.
나를 디아스포라라고 부르셨던가요?

통영에서

혼자 울기 좋은 장소를 찾았지.
반백 년의 타국 생활을 모두 풀어놓고 싶어
바다를 보면서 사는 땅이라면
내 설움을 다 품어줄 듯해서
도착한 땅
바위산에 걸터앉아
바다를 내려다보는 실눈
떠나간 시간을 쫓아가며 울기에는
너무 허술한 엄살인가
낭떠러지에 매달린 소나무가
절벽에 뿌리내린 보라색 풀꽃의 절규가
하도 아득하고 멀어서
어느새 부끄러워지는 내 눈물
설움의 등을 바다 위에 누이고
바람이 쓸고 가는 새털구름에
가벼워진 어제를 다시 바라보며
통영의 비취색 낮달을 베고
남해의 한낮을 흘려보냈다.

김연순

2018년 『문학청춘』 시부문 신인상 등단
제30회 경기여성기 · 예경진대회 시부문 우수상
제2회 부천시 시가활짝 우수상
한자끝장 김쌤 YouTube 크리에이터

이메일: freshkys@naver.com

집은 휘어지지 꺾이지 않는다

집은 바람이다
밤이면 깊어지는 별이다
아침이면 풀잎 끝에 맺힌 이슬이다

레시피를 박아 놓고 5분을 끓인
냄비 속 물이 끓어오르는 세상
사막의 모래처럼 뜨거워진다
온몸이 굳어 뿌리를 내리지 못하는 집

끓는 물 속에서 뼈를 녹이고 뼛속의 시간을 우려내는 집

바람의 넝쿨을, 구름의 손을, 풀잎의 발목을
잊지 못하는 집

무당벌레가 감자꽃 대궁을 몰래 갉아먹어도
바람과 햇볕과 꽃으로 피는 집

그런 집을 가위로 자르고
몸통을 줄여놓고

시간을 맞추고
어항 속에 칸지루*를 슬며시 넣어 보지만
집은 휘어지지 꺾이지 않는다

* 칸지루: "아마존의 흡혈귀"라 불리며 작은 머리와 부드러운 몸으로 다른 어류
나 사람의 항문으로 들어가 피를 빨아먹는 물고기.

그림자가 없다

낡은 보도블록 위에 오후 3시의 시간이 고여있다
그 속으로 바람이 흘러오고
다알리아는 젖은 꽃을 피우고
담쟁이가 물 벽을 기어오르고
아파트도 꽃잎처럼 흔들린다

낮은 곳으로만 머무는 물의 몸

바람 불면 화르르 제 몸을 허물었다가
금세 허리를 곧추세운다

물 위로 구름이 스러지자
가볍게 몸을 구르며 날아온 나뭇잎
손가락으로 나뭇잎을 걷어내자
물의 몸속은 다시 고요하다

그곳엔 발자국도 없고 그림자도 없다
몸이 곧추설 때마다
손톱은 자꾸만 길어진다

다시 바람이 불자 물은
등을 웅크려 문을 닫는다

이우디

2019년 『문학청춘』 시부문 신인상 등단
시집 『수식은 잊어요』
2020년 한국문화예술위훤회 제주문화예술재단 창작지원금 수혜

이메일: lms02010@hanmail.net

골병든 감정이 팽팽한 달빛을 베어 먹었다

몸에 난 상처보다 마음에 난 상처가 더 매워서
연두처럼 울고 싶을 때

가만가만 슬픔에 주문을 걸어보자
사람 냄새 피어오르는 쪽으로 머리를 두고
고요히 좋은 기억을 뒤져보자

예쁜 눈빛 한 스푼이면 충분하지만
오늘의 고명은 달빛보다 따뜻한
너의 목소리로 시작하면 어떨까

고작 불안에 실망 한 상 차리지 말고
설익은 보통처럼 안절부절도 말고

문득 이란 듯
너에게 밑줄 긋고 싶다

이런 날 바람 불지 않아도 음표 타고 오려나 고깔 쓰고 오
려나

사람이거나 사랑이거나
특별하지 않아도

너란 감옥 그리운 거니까
과연 너니까

어쩜 오늘 또 기적을 기다리며 낮 꿈 한 상 차리는 거다

나비를 위해 낮은 곳에 뿌리를 두고
낮은 곳을 사랑한다

우리 안에 우리가 없다

우리가 주저앉아 울울한 날들이
비 온 뒤 고사리처럼 발랄하다
일곱 살 소년 뽕망치 앞에서 혼미한 두더지처럼 경건하다

밑동마저 썩어들어가는 고목의 그루터기에 덩그러니 나
앉은
　그림자 몇 잎

슬픔이 한 덩어리다

우리를 밝히던 촛불은 문제적 슬픔 어떻게 껐는지
가끔 흔들리던 천재적 감동은 어디로 갔는지

계절은 계절을 모르고 봄은 봄 아니듯 우리 안에 소복한
겨울눈만 초롱초롱한데 미처 잊히지 않아 그날의 순간들 적
나라한 기다림만 반사하는데

다시 봄날이 올까
다시 봄날은 올까

낮게 더 낮게 기어가면 끝이 날까

우리를 시작할 수 있을까

비밀번호는 풀어진 지 오래 생생한 쓸모 앞에서 마지막
순간의 우리, 증명이란 걸 하고 싶은데 곁에 눕고 싶은데
　오래도록 무릎 꿇은 이름은 어떤 심정일까

　글을 잊은 나는 울고 그 흔한 사랑은 혀를 물어 피가 나
고, 그래도 나비는 올 건가

백지의 전지적 시점

정색한 오늘이 내일 종종 소나기라고 물 마실 때마다 스포를 해댄다

구름 기억 습기에 취한 날은
삼성 노트 클립보드에 보랏빛 조명을 켜듯

지나가던 12월의 실구름이 건네는 하루치 눈웃음, 달다

우울한 나는 안개빛 호도한 먼지 덮인 하늘
비웃음에 쩔어 정답이 있을 리 없는 질문 쏟아붓는,

차가운 입술 비집고
눌어붙은 눈물이 피워 올린 눈내 따라
실성한 헛소리 마치
좋은 향기처럼 당당한데

최악의 질문은 시가 되지 못하는 것을
영원히 분리된 고장 난, 초침 분침처럼 비틀린 행간은 백지의 일상인 것을

나는 무엇인가 무슨 색인가 어디쯤인가

본 적 없는 나로 사는 것은
영혼의 경매 현장 지분대며 후렴구 중얼거리는 일

가끔 미소로 도배한 내가 빛 가면 쓰고 연기를 하기도 하지만
무너진 생의 모서리 적정 온도 까먹어도 피드백은 보내지 않기

e— 추운 계절 발가벗은 위선이 속눈썹에 넌출진대도
내 심장은 무구

영문 모르고 살해되는 이름 석 자.

김영완

1967년 전남 나주 출생
2019년 『문학청춘』 시부문 신인상 등단

이메일: duddhks5820@naver.com

섬

자발적 실종을 꿈꾸며
가슴에 섬 하나 품고 산다

미련은 씹지 말고 뱉어 버릴 것

새우깡에 길들여진 갈매기는 날려 버릴 것

종신보험처럼 지겨운 날들을 해약하고
잿빛 도시의 전원을 끈 채
속옷 몇 장 주섬주섬 챙겨

안개가 걷히지 않는 곳

등대 불빛마저 스며들지 않는 곳

백령도 아래 지도에 없던 섬 하나 만들어

평생 외로움이나 낚으며
빈둥빈둥 살아갈
꿈같은 섬 하나 가슴에 품고 산다

파장

떨이요 떨이…
오징어 한 소쿠리에 팔천 원

박달시장 모퉁이
간판도 허름한 부부수산
오징어 먹물 얼굴에 바르고
떨이를 외쳐대던 사내가
파지처럼 구겨진 하루를 소주잔에
따르고 있다

키득키득 어린 새댁 해름 따라 집에 가고
빈둥빈둥 들고양이 파도 물고 사라지면
겹겹이 쌓인 빈 소쿠리 안주 삼아
고로쇠 물처럼 달달했을 소주 한 병
끼니 놓친 허기 취기로 채우고
소금에 절여진 아내의 전대를 채우고
비린내 나는 하루까지 채우고 나면
한 집 두 집 파하는 시장 골목 따라
초로의 일상 에두르는 소주잔

떨이요 떨이…
마지막 한 소쿠리 오천 원

오징어 먹물 스며드는 밤이면
밀항을 꿈꾸었을 사내 한 소쿠리

양시연

제주출생
한국방송통신대학교 국어국문과를 졸업
2019년 『문학청춘』 시조부문 신인상 등단
시집 『따라비 물봉선』

이메일: sign7@hanmail.net

반지하 사람들

사이렌 소리 멎고
들락이는 소방대원들

저들 눈엔 왜 없고
집주인 눈엔 있는 걸까

아무리
사각지대란들
있는 것이
왜 없는 걸까

고춧가루

나이 육십에도 그리운 건 그리운 게다
낮에는 요양보호사 밤에는 늦깎이 여중생
두 시간 수업 위해서 두 시간 길 달려온다

"선생님, 학교 가는 길인데 어디세요?"
"고추 모종 심을 때부터 선생님 생각했어요"
건네는 하얀 비닐 속 매운 땀내 풍겨난다

받아 든 이 선물을 누구와 나눌까나
사무실 창가까지 비꽃처럼 다가와서
내밀던 검붉은 손이 성스럽고 부끄럽다

도댓불 2

추적추적 빗소리 약속한 듯 찾아간다
북촌포구 끝자락 북촌마을 도댓불
한 세기 훌쩍 지나도 기다림은 끝이 없다

누가 깜빡 잊었을까, 불 안 켜고 출항했네
바다에겐 백 년도
잠시 잠깐이라는 듯
그리움 어디 있길래 저리 곧추섰을까

주먹만 한 살 점 내주고 입 다문 표지석
4·3 포화 소리에 귀 닫은 다려도
지긋이 실눈 뜨고서 그날 얘기 들려준다

파도에 부서지고 물벽에 멍들어도
나에게도 '도대'같은 그런 사랑 있었으면
백 년을 기다려 주는 그런 사랑 하고 싶다.

김종식

2020년 『문학청춘』 시부문 신인상 등단

이메일: windkeeper19846@hanmail.net

이상의 집에 사는 아이

이상의 집 빨랫줄엔 건오징어처럼 시집들이 걸려있다
회색 구름을 배경으로 시집들이 흔들리고 구름 사이사이
박힌 해골 같은 입들이 희미한 말들을 찍어 낸다
쩍쩍 벌어진 이빨 틈새로 뭉텅뭉텅 발음이 새어나간 글들
이 쏟아진다

모음이 사라진 채 ㅎ ㄷ ㄷ ㄱ 떨어지는 자음들, 비틀거리
는 자음을 붙잡아 바로 세우려는 모음들

구멍 난 문장들이 자기 말을 채우려 우르르 마당으로 내
려온다

뒤엉키며 돌아다니는 말들
떨어진 글들을 주우려 사지를 구부렸다 펴고 목을 앞뒤로
꺾어대는 문장들

뒤죽박죽 순서가 바뀐 기괴한 몰골들이 잃어버린 음소를
찾아 담장을 넘나든다

겁에 질려 방을 나오지 못하는 아이는 벌어진 문틈 사이 눈동자만 붙이고 있다

바람이 불면 빨랫줄에 널려있던 시집에서도 글자들이 떨어진다
띄어쓰기를 거부한 글자들, 뒤집힌 채 끼워져 있는 기호들, 주어가 빠진 문장들이 순서도 없이 뒤죽박죽 쏟아져 나온다

온전한 문장은 하나 없고, \$, \$, \$, \$, \$, \$들은 하나같이 a를 찾아 빗금 쳐진 자기 눈동자만 갈아 끼우고 있다

텅 빈 마당
보드를 탄 아이는 비로소 \$/a을 찾아 뫼비우스의 경계면을 가볍게 넘어간다

고향

고향을 묻고 돌아와 울었다

울다가 참고 며칠 울다가 참았다
몇 달이 지나자 돌아갈 곳이 없어졌다는 사실이 밀려와
울었다 한번 그치면 다시 울지 못할 수도 있다는 생각이 들
자, 겁이 났다

눈물샘을 만들 궁리를 하였다
더 희미해지기 전에 하루에도 몇 번씩 꺼내 울고 싶어서
시간이 지나면 점점 더 큰 눈물이 필요할 것 같아서

눈물이 될 만한 재료를 찾아보았다
품앗이로 거칠어진 손 주름 몰래 빼주어 빈 꼬챙이가 되
어버린 곶감 걸이 말할 때마다 묻어나오던 은빛 반짝 웃음
언제나 아끼지 않던 약수 빛깔 친절 누구에게나 가난한 모
습 하나 먼저 보여줘 용기를 주던 습관

눈물 재료가 쌓이자 다른 온도의 눈물이 나왔다
고향의 약수를 앉은뱅이 술 인양 마셔만 대던 내 모습이

나 마시고 마셔도 남아돌아 발로 차며 헤엄치던 나날들이
낯 뜨겁게 흘러내렸다

　나 몰래 고향은 돌아갈 날을 세고 있었다
　낯선 시선들 사이 처음 발을 들여놓았을 때를 잊지 않으
려고 떠나오던 날부터 돌아갈 날까지 세고 있었다

　고향을 고향에다 묻고 나서야 고향인 줄 알았다

고순심

방송통신대학교 국문학과 졸업
2020년 『문학청춘』 시부문 신인상 등단

이메일: sunsim1897@daum.net

분홍나비바늘꽃

가슴 한켠에 박힌 바늘에 찔려 붕대를 감는다
내 날개에 꼭 맞는 몸뚱이가 있을까
내가 바늘 하게 너는 나비 해

날갯죽지 사이로 지면 또다시 피어나는 두근두근
너덜거리는 분홍빛 집착 털어내고
노을 가루를 흘리며 졸고 있는, 울고 있는, 웃고 있는
늦은 오후 고인 햇살처럼, 깊어가는 두근거림

늦은 햇살 한 발짝씩 물러설 때마다
마냥 기다려야만 하는 걸까
마주 불어오는 바람의 눈이 붉은 건
운명에 우연이 더해진 거라 생각하니?

웃이 날개라는데, 나비바늘꽃
언제 뽑힐까
분홍빛 날개를 접는다

행여 놓칠까 맞지 않는 옷 껴입은 채

나비 떼들이 꿈길을 하얗게 쫓아다녀
혀끝에서만 맴도는
나는 바늘할게 너는 나비 해

뫼비우스의 띠

황혼 즈음 붉은 꽃을 가슴 깊이 숨겨둔 갑옷이라고 하고 흐릿하게 멀어져가는 한 사람의 눈빛을 감추는 안경이라고 하고 세상은 참 좁지만 80 C컵의 가슴으로 보아야 하는 거라서, 숫자 뒤에 알파벳 대문자로 크기를 매기는 거라고 웅얼웅얼 사방으로 내달리는 그녀의 말들을 간신히 가두고 잡아당기는 신경의 끈 만약, 어깨끈이 없으면 마냥 흘러내린 갑옷의 끝은 어디일까? 그녀는 가끔 한 손을 어깨 위로 올려 꼬인 끈을 바로잡으려고 하는데 한 번 꼬인 운명은 영원히 풀 수 없는 수수께끼와 같아서 막연한 당신의 침묵처럼 겉과 속을 알 수 없는 뫼비우스의 띠와 같아서 서로에게 닿을 수 없어 그리움에 미어지다가 결국 다음 생에 만나야 뛸 수 있는 심장이라면, 먼 생을 돌고 돌아 해지는 언덕에서 가시를 잔뜩 세운 채 붉게 일렁이는 꽃을 당신은 알아보기나 할까?

전병석

2021년 『문학청춘』 시부문 신인상 등단

시집 『그때는 당신이 계셨고 지금은 내가 있습니다』 『구두를 벗다』

『천변 왕버들』 『화본역』

현재 경서중학교 교장

이메일: jbs37@korea.kr

아흔한 살에

아흔한 살에 먹는 아침은 무엇일까
아흔한 살에 잠자리에 드는 것은 무엇일까
태양을 따라 돌며
고추 모종을 심고
감자 씨눈을 틔우고
들깨를 털고
개밥을 먹고
텔레비전을 켠다
아흔한 살은 살아도 소리가 나지 않는다
아흔한 살은 살아도 바라는 바가 없다

꽃나무 아래에서

이 봄날
꽃나무 아래에서
당신을 그리워합니다
꽃이 아니라
꽃나무가 되려고
당신은 봄을 잊었습니다
두 계절
아니 한 계절만이라도
당신은 꽃으로 살 수 없었을까요
철없는 응석입니다
어느덧 나도
꽃이 아니라
꽃나무가 되려고 봄을 잊었습니다
세월은 흘러서
어느 봄날 또 누군가
꽃나무 아래에서
당신처럼 나를 그리워할 것입니다
그러면서 묻겠지요
당신은 꽃으로 살 수 없었을까요

누가 지구를 돌리나

물과 흙과 돌 더미가
산비탈을 쏟아져 내리듯이
돌연 허리가 끊어질 듯한 슬픔에 점령된 우리
슬픔은 등 뒤로 던지고 던져도
홍수에 바가지로 물을 퍼내듯 하고
오천 킬로미터를 흘러 바다에 닿아서도
슬픔은 맑지 않은 황하 같다
슬픔으로부터 깜깜한 어둠이
막장에 쏟아지지 않게 슬픔은
깨어 카나리아가 되어야 해
손거울처럼 꺼내 볼 수 있어야 해
서해에 빠지는 해는 건지지 않아도
스스로 추슬러 솟듯
바닥까지 잠긴 슬픔을 기다려야 해
마지막까지 버스 창을 깨던 손처럼
슬픔이 슬픔을 부술 수 있게

슬픔이 지구를 돌린다

사랑은

사랑은 그 사람의 행복을 바라는 것
바라는 것으로는 모자라 사랑은
가끔씩 제 고집에 헛돌다
헛돌다 자빠지는 사랑은
겁 없이 아슬아슬 이별을 넘다
넘다가 결국 돌아오지 못한 사랑은
비 오는 밤이라 더 쉬웠는지 몰라
몰라, 눈 내리는 아침이었다면 사랑은
거기까지는 가지 않았으리라

임문익

본명 임익문

1958년 익산 출생

2021년 『문학청춘』 신인상 수상 등단

현재 법무사(법무사 임익문 사무소)

이메일: imm1219@hanmail.net

한탄강

억 만년 불화살이 박혀 있는 기둥
너의 슬픔은 어디에서 온 것이며
어디로 흘러가는 것이더냐
얼마나 더 한을 보태야 저리 굽이굽이 몸부림치는 것이더냐

푸르른 별빛으로 뜨고 지는 잃어버린 기억들
너의 눈물은 어디에서 솟아난 것이며
어디로 떨어지는 것이더냐
얼마나 더 울음을 울어야 저리 퍼렇게 멍이 드는 것이더냐

견우와 직녀가 만나는 날
어둠의 단층
침묵으로 켜켜이 쌓인 주상절리 위에
무지개가 떴다

직탕폭포 위에
무지개가 떴다

이제는 슬픔을 버리자

이제는 눈물을 버리자

마그마로 들끓던 너의 옆구리를 꿰뚫고 나아가 우리
이제는 바다에서 만나자

꽃이 피면 한 번 보고
꽃이 지면 다시 보자

이별의 술잔에 정갈한 슬픔이 묻어났다

말목장터 감나무

까치밥 떨어진 가지에는 상고대가 피었고
개똥지빠귀는 이른 아침 벌써 울고 갔다

봉준이,
오늘 유난히 입 냄새가 심하네 그려
쇠똥구리, 붉은 지렁이, 푸른곰팡이, 땅강아지, 뿌리혹박
테리아
내 발치에 모여들어 궁둥내를 풍기듯이
저어기 모두 모여드네
영원에서 짚신 몇 켤레
배들평에서는 낫 놓고 기역 자
이름도 해괴한 만석보 수세를 짊어지고
고부로부터 장정들 달려오고 있네

지난해 자네 아버지 맞아 죽었다지
병갑이 에미상 당했을 때 부주금 걷지 않았다고
풀때죽도 못 먹는데
부주할 돈이 어디 있나
지 에비 공덕비 세운다고 뜯어간 돈이 얼만데

논배미나 있을라치면
강탈한 곡식이 또 얼마더냐
개간한 황무지 만물을 빼앗기지 않으려고 곡괭이를 휘둘
렀네
동진천 잘도 흘러 윗논 아랫논 젖줄을 이어왔건만
멀쩡허니 만석보 새로 쌓고는
허기진 농투사니 코뚜레 잡고
물세라 보세라 마구마구 거둬가니
그놈 마당에 쌓인 재물이 얼마더냐
흉년이라 배 주리고 피골이 상접인데
이제는 못 참겠다
굶어 죽으나 맞아 죽으나 매한가지다

봉준이 허연 입김은
죽창이 되어 하늘을 찔렀다
좋은 때다 좋은 때다
수운 선생 칼춤을 춘다
봉준이 큰손을 들어 번개처럼
불칼을 그었다

말목장터에서 고부로 달려가던
자네 몸이 녹아 빗물이 되고
나는 너의 빗물을 받아 마시며 새잎을 틔우리니
이 혹한을 견디며 끝내 푸르른 가지를 벋으리니
앙상한 내 팔다리에도
단내 난 감이 주렁주렁 열리리니
죽창군이여
함께 받아 잡수시라

임영옥

충남 공주 출생
2022년 『문학청춘』 시부문 등단

2000wood@hanmail.net

비우기

책상다리로 앉아 손을 무릎 위에 얹는다
눈을 감고 떠오르는 것들을 금강에 띄운다

촛불 하나 흔들리다 물속으로 들어간다

둥근 눈 하나 떠오른다
아, 오래전 친했던 강아지의 눈
컴컴한 마루 밑에 엎드려 푸른빛으로 나를 본다
개의 눈과 마주 보다 강물에 띄운다

보건소 입구에서 화단을 감아 S자로 줄 서 있는 사람들이
보인다
천천히 바라보다 강물에 띄운다
안전 안내 문자가 오늘은 열 개가 넘게 들어왔다
흘려보낸다

규칙적으로 하던 일을 하다말다 하는 동안 일이 엉켜버렸
다
가만히 들여다보다 실마리를 찾아 강물에 띄운다

다 띄워 보내자 금강이 남는다 금강은 너무 익숙해
금을 물에 띄운다 금이 사라지자 한 자가 떠오른다
한을 띄워 보내면 금이 다시 들어간다

밤늦도록 금강과 한강 사이를 오가고 있다

둘레길

작은 키에 고만고만한 몸매의
여자들이 뛴다
사뿐사뿐 발맞춤이 경쾌하다

천천히, 두런두런 말하듯
벤치에 앉아 수다를 떨 듯
까르르 까르르 웃는다

수백 년 전 임금이 피난을 가다가
오금이 저려 쉬어갔다는 마을을 지나
어떤 장군이 말에게 물을 먹였다는
하천 길을 거슬러 물의 발원지 쪽으로 간다

한 청년이 헉헉 뛰며
힐끔 힐끔 그녀들을 본다

체육관 둥근 지붕을 향해 내딛는 발들이
나비 날갯짓처럼 가볍다

산수유 벗나무 창포 백일홍 눈꽃들이
차례로 피고 지는 동안

저 둥근 고치 속으로 들어간 그녀들
언제 나비가 되어 날까

류운정

2022년 『문학청춘』 시부문 등단

이메일: jspoetess@naver.com

등

허공을 향해 밀어낸 뼈는 둥근 바깥이 된다
그 나무의 등을 한 계단 한 계단 밟으며 바람은 하늘로 올
라간다

나이를 버리고서야 가질 수 있는 집
의자 침대 푸른 지붕도
등을 내주는 것은 빛과 닿아있어

일곱 살 나를 업고 뒷동산에 올라
먼 마을의 불빛을 보는
목소리가 곡조도 모르면서 구슬프게 들렸던 건
방바닥에 나뒹굴던 저녁 찬 때문이었는지
검은 소나무에서 울어대는 산비둘기 때문이었는지
무서움에 파고들던
나를 놓치지 않았던 것은

나이테를 잃어버린 나무에서
자라나는 등뼈들

벽 쪽으로 몸이 굳어
나의 기척에도 눈을 보내지 못한 당신은
구부정한 뼈를 깎아 새겨놓았는지
등을 쓸어내릴 때마다 손마디에 걸리던 말
미안하다,

뛰어오르며 허공을 통과하는 동안
나무들은 온몸으로 하늘을 붙잡고 있다

그 작은 냉이꽃마저도

내일이 날씨는

일주일이 한계예요

몸속 언어를 밖으로 빼내어
주렁주렁 매달고
자꾸만 대화를 엎지르는
노인을
더는 봐줄 수 없다는
간병인의 선언

죽으려고 눈밭에서 꼼짝
않고 있어도
눈만 물이 되더라
어쩔 수 없더라

시간의 교차와
몸에 배인 슬픔을
저쪽 병실까지 배달하는
간병인의 목소리를 들었겠지마는

형제간처럼 옆에서 밥같이
먹자고 부르는

꼬챙이 같은 손으로
몸에 붙은 것들을 떼어내는 것은
자신을 떼어내는 일

머리 희끗한 아들
피주머니 뗄 때까지만이라고 간병인에게
사정하고 돌아간
날

한밤중 어둠 속에다
자신을 부려놓고
돌아갈 곳 없는 곳으로 가겠다고 잦아들던
신음 소리 깔린 병동이
왁자했는데

질그릇 같은

그 노인
어느 곳에서 오늘의 날씨를 맞이하고
있는지

박순

1970년 강원도 홍천 출생
시인정신 사무국장
문학청춘 기획위원
한맥문학 편집위원
한국여성문예원 편집위원
(전)우리은행 근무
한국방송통신대학교 국어국문학과 졸업
서울시립뇌성마비복지관 작문교실 강사
2015년 계간 『시인정신』 시부문 신인상 등단
시집 『페이드 인』
2021년 시인정신 우수작품상 수상 시집 『페이드 인』

이메일: psjasoon@hanmail.net

바람의 사원

어디로 가고 있는지 나는 몰랐다
구부러진 길을 갈 때 몸은 휘어졌고
발자국이 짓밟고 지나간 자리에는
꽃과 풀과 새의 피가 흘렀다
바람이 옆구리를 휘젓고 가면
돌멩이 속 갈라지는 소리를 듣지 못했고
바람의 늑골 속에서 뒹구는 날이 많았다
바람이 옆구리에 박차를 가하고 채찍질을 하면
바람보다 더 빨리 달릴 수밖에 없었다
질주 본능으로 스스로 박차를 가했던 시간들
옆구리의 통증은 잊은 지 오래
일어나지 못하고 버려졌던
검은 몸뚱이를 감싼 싸늘한 달빛
그날 이후
내 몸을 바람의 사원이라 불렀다

모렌도

이상하지 않니

겨자씨만 한 점 세 개 옹기종기 모여 밥을 먹는 것이 서로
의 발뒤꿈치를 잡는 것이
눈웃음치는 것이

연습 없는 작별 찬란한 별 두 개는 안녕을 속삭이는 것이

쿵쾅쿵쾅 쿵 쿵 쿵 콩닥콩닥 콩 콩 콩 콩 콩 콩 콩 콩
콩

그런데 그 런 데 그 런 데

떠나보낸 그 자리 서러워 너마저 떠나려 하니

졸리니 하품이 나니
주먹을 입에 넣어 봐
발가락을 빨아 봐
몸을 더 둥글게 말아 봐

달팽이가 집을 짊어지고 가는 것처럼 말이야

보이니 들리니 웃고 있니

이슬의 소리

운이 좋아서 안 당했구나
이게 우리 직업이려니
부당함에 맞서는 사람이 되라고*

얘들아
얘들아

너희들에게 정의를 외쳤던 목소리
비굴한 사람은 되지 말자고 외쳤던
하얀빛의 폭포가 쏟아지는 그 날

얘들아
얘들아

앵무새가 되었고
철저한 을이 되었고
떨어지는 이슬 한 방울이 되었고

나는

나는,

* 2023.8.4. 중앙일보 기사 중에서 인용

이선국

강원도 고성 출생
한국방송통신대학교 법학과 졸업
2012년 『문학청춘』 수필부문 신인상 등단
저서 『길위에서 금강산을 만나다』 『고성지방의 옛날이야기』
수필집 『짬바리를 아시나요』 등 다수
한국문인협회 회원, 문청작가회 회원, 고성문학회 고문,
물소리시낭송회 대표
〈새밝문학상〉 수상

이메일: skl2425@naver.com

유유자적이 더 좋다

우리 동네는 산골이다. 읍내가 지척이라고 하지만 얼마간 떨어져 있다. 찻길을 지나 너른 버덩을 한참 지나야 만날 수 있는 산기슭 작은 마을. 동네 어귀까지 이어진 길을 따라 걸어서 한 시간 이상 걸리는 곳이다.

그리 넓지 않은 시골길, 늘 다니던 길이지만 오가는 길 군데군데가 굽어 있었다. 물길 따라 휘어졌고 둑방길 따라 굽어 있는 길이었지만 휘고 굽었다는데 달리 생각 없이 그냥 다녔다. 가끔 휘어진 길은 휘어진 대로, 굽은 길은 굽은 대로, 반듯한 신작로보다 오히려 정감 있고 자연스럽다고 생각했다.

굽은 길이 다소 멀지 않을까 하는 느낌도 하지만 휘돌아가는 길을 따라 넓은 버덩 끝 아담한 마을이 늘 더 그림 같고, 더 여유롭다. 그 서편으로 둘러진 병풍 같은 산마루 때문에 더 아늑하고 포근하다. 가끔 흰 구름이 산허리를 휘감는 날이면 아내는 마을과 산세가 어우러진 풍경이 이국적이라고 감탄을 연발하곤 한다.

돌아보면, 강 따라 물 따라 휘어진 길, 숱한 사람들이 그길을 오가면서 찰떡같이 다져진 길. 계절마다 비바람과 눈보라에 굳어진 길, 들판을 휘돌아나가는 굽은 둑방길은 봄은 봄대로, 여름은 여름대로, 가을은 가을대로, 겨울은 겨울대로, 그 풍경이 한 폭의 그림이다. 봄에는 노란 금계화와 들꽃들로 늘 아우성이고, 여름엔 빨간 덩굴장미와 배롱나무 꽃이, 가을엔 코스모스, 그 들길을 따라 숱한 세월이 오고 갔기 때문에 비록 굽은 길이지만 늘 익숙하고 더 친근한 마을 풍경이다.

지금까지 곧은 대로가 아니더라도 굽은 것은 굽은 대로, 휘어진 길은 휘어진 대로 오갔을 뿐 달리 길이 불편하다는 생각을 가져본 기억이 없다. 내가 태어나기 이전부터 휘어지고 굽은 길, 할아버지께서, 아버지께서 다니셨던 길, 그 길을 통해 우리는 여전히 사람들과 만나고 세상이 만나는 것이리라고 그 길에 나름대로 의미를 부여했다. 길은 세상과 소통하는 유일한 통로이고, 알 듯 모를 듯한 세상을 오가는 창구가 아닐까 싶다.

태생적으로 굽어 있었으니까, 의당 굽은 길을 따라 오가는 것이리라. 불편하다든지 멀다든지 등에 더 깊게 생각하지 않는 것은 아마도 관성慣性이 아니었을까. 타성에 젖어 그걸 고쳐 다녀야겠다는 생각도 아예 갖지 않은 것은 어쩌면 당연한 일이었을 것이다. 오랜 시간 일상처럼 오가는 것에 더 익숙했기 때문에 굽었다든가 멀다든가에 대한 관심은 아예 더 무뎌져 있었을 것이다.

언제부터인지 알 수 없지만 다니던 길이 넓어지고 둑방도 높아졌다. 쉬엄쉬엄 걸어서 오가던 그 길은 자동차로 쌩쌩 오가는 신작로가 되었다. 하루에도 수백 대가 오가는 길이 되었다. 그래도 여전히 그런 길이니까 그러려니 할 뿐이었다. 그 길에 대한 단상은 더 이상 없었다.

사람들은 본시 편리함을 추구한다. 먼 거리보다 가까운 곳을 선호하고, 불편한 길보다는 편한 신작로를 더 좋아한다. 그렇지만 아직까지 동네를 오가는 길에 더 가까운 길이 필요하다고 생각하지 않았다. 그것은 그림 같은 풍경 때문에 더 그랬을 것이다. 시골길 곁으론 사철 맑은 개울이 동쪽 바다로 흘러가고, 그 너머엔 봄마다 초록빛 들판이었다가 가을엔 황금 들녘으로 변하곤 하는 아름다운 풍광 때문에 길이 멀다고 생각할 겨를도 없었을 것이다. 해마다 아지랑이 아물거리는 초록빛 설렘이었다가 불같은 뙤약볕으로 영글어가는 풍요로운 결실이 그 절정을 이루곤 했기 때문에 질박한 산골 풍경에 푹 빠져 그저 감사하며 살아왔던 것이다.

어느 날 그 길 한켠에서 '공사 중'이라 팻말을 세워 놓고, 그 옆에서 길을 파헤치고 있었다. 한적한 시골에 토목 공사가 벌어지고 있었다. 무슨 일이 있냐고 물었더니 그 길 공사를 한다고 했다. 누군가 불편하다고 느꼈고 결국 그 길을 뜯어고쳐야 한다고 생각했나 보다. 불편하다거나 고쳐야 된다고 느낀 사람이 있었기 때문에 곧바로 펴는 작업이 진행되고 있는 것이리라. 그랬구나. 휘어진 길보다 곧은길이 더 필요했기 때문일 것이다.

굽은 길을 펴는 일은 결코 쉽지 않다. 틀어진 뼈를 바로 펴는 일이 쉽지 않은 것처럼 수십 년 다져진 길을 반듯하게 펴는 일 역시 쉬운 일이 아니다. 오래된 버릇 역시 고치기 쉽지 않다. 「세 살 버릇 여든까지 간다」는 속담도 있다. 반복된 행동으로 길들여진 습관이 버릇으로 이어지고 그 버릇을 고치려면 그 몇 배의 시간과 노력이 필요하다. 때론 모진 고통과 인내도 있어야 한다.

꺾인 길 아래 논둑에서 흙을 끌어 올리고 휘어진 길을 바로 펴는 작업은 단순하게 인력과 삽으론 어림없는 일이다. 현실적으로 성능 좋은 굴삭기와 기술 좋은 조종사에 의해만 가능한 일이다. 흙을 퍼내고 쌓고, 다시 축대를 쌓는 일이 며칠간 계속되었다. 그것은 일종의 외과 수술인 셈이다. 비틀어진 뼈를 반듯하게 펴는 일과 같이 생각만큼 쉽지 않은 일이다. 세월이 굳어진 길은 속살도 딴딴하다. 굴착기로도 수십 번 뜯고 긁어야 휘어진 곳이 조금씩 자리를 내어준다. 한쪽을 파내면 다른 한쪽을 늘려야 한다. 굽은 길은 파내고 빈자리를 메우면서 조금씩 곧아졌다. 이쪽 살을 뜯어서 저쪽에 붙이는 것으로 공사가 이어졌다.

불편했지만 왜 진작 길을 고치지 못했을까. 고칠 엄두를 내지 않았을까. 귀찮으니까. 그냥 말하기 싫으니까. 혹시 자신의 이해와 부딪치는 일이 왠지 부담스럽고, 누군가를 귀찮게 하는 일이라는 부담 때문이었을까. 이런 믿음 때문에 지금까지 그 상태로 있었던 건 아닐까. 언제나 그대로가 좋다는 게으른 넋두리이기도 하다. 이런저런 생각들이 스쳐 갔다.

공사 구간은 그리 길지 않다. 요즘 곧게 펴진 그 길을 따라오고 간다. 곧아진 길을 따라 오가는 일이 편하지만 아직

낯설다. 거리도 눈에 확연히 들어날 만큼 줄었다는 생각이 들지 않는다. 분명 곡선 아닌 직선이 되어 실제 거리가 줄어든 것은 분명할 테지만 더 가까워졌다고 느끼지 못하는 것은 오랫동안 굽은 길에 더 익숙해 있었기 때문일 것이다.

왠지 넓은 벌 동쪽 끝으로 휘돌아나가는 길이 그립다. 굽은 길을 따라 이어지는 버덩, 산자락에 옹기종기 모여 있는 아담한 마을, 지치고 고단할 때 위로가 되어주는 풍경이 더 시골스럽고 여유롭지 않을까. 시골답게 유유자적한 삶이 더 좋다.

최정옥

2022년 『수필문학』 등단
2022년 『문학청춘』 수필부문 신인상 등단
수필집 『프리지아 꽃 필때면』

이메일: cjo4118@naver.com

대추

팔월 초 무더위가 연일 기승을 부린다. 입추가 지나고 이틀 뒤에 말복이다. 몇십 년 만에 찾아온 더위라지만 내 생애 전체를 뒤돌아봐도 이런 무더위는 없었다.

아파트 화단에는 커다란 대추나무 두 그루가 나란히 서 있다. 봄꽃이 화려하게 피어나서 한껏 자랑하고 난 뒤에도 대추나무에서는 싹도 나오지 않았다. 온갖 과실 수중 맨 마지막에 꽃이 핀다. 화려하지도 않고 느지막하게 피어나니 당연히 주목받지 못한다. 새 가지에 매달린 봉오리는 꽃잎이 있는 듯 없는 듯 연두색 작은 꽃이 가지에 조롱조롱 달려 있다. 꽃이 피었다 싶으면 어느새 녹두 알만하게 열매가 맺힌다. 요사이 지나다 보니 가운데 손가락 한 마디 정도 자라서 매달렸다. 늘 지나다니는 길 몫이라 대추가 크는 모습을 자연이 살피게 되는데 볼 때마다 흐뭇하다.

젊은 시절 자녀를 키우던 내 모습이 떠오른다. 아이들이 매일매일 커가는 모습이 여물어가는 대추알을 닮았었다. 얼마나 대견스럽던지. 무엇과도 바꿀 수 없는 행복이었다. 달콤한 시절은 어느덧 꿈같이 지나갔다.

대추나무 옆을 지날 때마다 크기가 달라지는 열매가 신기해서 그에 매료된다. 하루하루 굵어지는 대추를 보는 것은 나의 작은 행복이다. 문득 대추는 내 마음을 사로잡는 영물靈物이라는 생각이 든다.

대추나무의 열매는 조棗 또는 목밀木蜜이라고도 하는데 모양이 새알 같으며 단단한 씨가 들어있다. 혼인 행사 치르는 날 폐백 때 며느리의 절을 받은 시부모는 자식을 많이 낳으라는 뜻으로 대추와 밤을 던져주는 것을 보는데 대추는 자손을 상징한다. 여름 삼복더위를 이기는 보양식으로 삼계탕을 즐겨 먹는데 그 닭 속에도 대추는 꼭 넣는다. 대추의 효능에는 좋은 점이 너무 많다.

불면증 개선에 효능이 있고 스트레스 해소, 정서 안정을 돕고, 면역력 증진 작용이 있으며, 항암 작용이 있고, 간 건강을 돕는 효능이 있다. 혈액순환을 돕고, 혈압을 낮춘다. 대추에 관하여 『동의보감』에는 "성질은 평하고(따뜻하다고도 한다) 맛은 달며 독이 없다. 속을 편안하게 하고 비脾를 영양을 주고 오장을 보하고 십이경맥을 두루 소통하며 진액津液을 늘인다. 의지를 강하게 하고 여러 가지 약을 조화시킨다."라고 되어있다.

물론 대추가 좋은 점만 있는 것은 아니다. 그에 상응하는 부작용도 따른다. 대추는 열이 많은 음식이라 몸이 찬 분에게는 좋은 식품이지만 열이 많은 분은 과하지 않게 섭취하도록 조심하여야 한다. 당분이 많이 함유되어 있어 다이어트 음식에는 적합하지 않으며 당뇨가 있는 분에게도 좋지 않다. 대추는 생으로 먹어도 좋지만 차로 끓여 먹으며, 대추의 향을 느끼고 신경안정에도 효과가 있다. 이 때문에 특별

한 이유 없이 가슴이 두근거리거나 긴장과 불안감으로 스트레스를 받을 때 대추차를 마시면 긴장을 완화하여 마음이 차분해지는 효과를 볼 수 있다. 그래서 정부에서는 외국에서 온 정상을 대접할 때 부드러운 분위기를 만들고자 대추차를 대접하는 예를 종종 보았다.

대추나무는 잎이 그다지 크지 않고 화려하지도 않다. 꽃 또한 예쁘지도 않고 피는 듯 마는 듯 보잘것없다. 열매가 실한 것은 아니지만 많이 달린다. 풍부한 것으로 치자면 따를 만한 과일이 없을 것이다. 크기로 말하자면 기껏해야 무명지 두 마디만 한 것이 사람에게 유익함을 많이 준다는 것에 감동한다. 특기할 만한 일은 가을에 갓 땄을 때는 그냥 과일로 먹고, 말려서 두고 제사상에 올려 조상에게 드리고, 차로 끓여서 마시고, 일 년 내내 두고 먹을 수 있다는 것에 의미를 두고 싶다. 이러한 과일이 대추 말고는 없다.

일생 살아오면서 몸이 왜소하여 늘 불만이다. 어머니 아버지 모두 단신이어서 우리 형제자매는 다 키가 작았다. 그래서 결혼 조건은 키 큰 것을 첫째 조건으로 삼았었다. 남편은 한국 남자 평균신장 168cm일 때 175cm였다. 다른 조건도 보았겠지만 우선 키가 마음에 들었다. 5, 6십 년 전 그때는 직장에 출근하려면 신사복에 넥타이를 매야 출근복이었다. 그래서 세탁소에 양복을 맡기게 되는데 찾으러 가면 영수증에서 이름을 보고 찾을 것 없이 바지 걸린 줄에서 제일 긴 바지를 빼내면 되어서 편리했던 기억이 떠오른다. 딸과 아들 모두 장신에 속한다. 사위 며느리도 신장을 보고 결혼

시켰다. 그렇게 외적인 조건을 많이 참작했었다.

어느 날 길을 걷는데 갑자기 땅이 솟아올라서 땅과 거리가 가까워진 느낌이 들었다. 건강검진을 하면서 보니 내 작은 키, 그마저 줄어들었다. 늙으면 힘이 없어져 뼈가 굽으니까 작아진 것은 당연하다. 그런 내 모습이 초라하다고 느껴 태어날 때 키 크고 실한 모습이었으면 늙어도 덜 추해 보였겠지 하는 아쉬움이 늘 남는다.

그러나 대추를 보면서 느끼는 감정이 새로워지면서 나의 어리석음을 탓하게 된다. 외적인 모습의 화려함보다는 내실의 단단함이 더욱 우위가 아니겠는가 하는 생각이 마음을 꽉 채운다.

겉모습이 화려하다고 실속 있는 것은 아닐 것이다. 보기 좋고 쓰임새가 많다면 화룡점정畵龍點睛, 더 바랄 것이 없다. 즉 외적인 모습보다는 유용하게 많이 쓰이는 과실, 사람으로 치자면 실력 있고 인간미가 넘치는 인격자가 중요함을 강조하고 싶은 것이다.

대추처럼 작아도 여러 곳에서 유용하게 쓰이기 때문에 존재 자체로 빛을 발하는 그런 모습이 으뜸이다.

문학청춘작가회 회칙

제1장 총칙
제1조(명칭) 본 회는 '문학청춘작가회'라 칭한다.

제2조(목적) 본 회는 '문학청춘'으로 등단한 문인들의 문학적 소양을 증진시키기 위한 상호 교류의 터전을 마련하고 궁극적으로 회원들의 모지인 '문학청춘'의 발전에 기여함을 그 목적으로 한다.

제2장 회원
제3조(회원의 자격) '문학청춘'을 통해 등단한 문인들을 원칙으로 한다.

제4조(권리) 회원은 총회를 통하여 본 회의 운영에 참여할 권리를 가진다.

제5조(의무) 회원은 본 회에서 정한 사업에 참여하며, 회칙 및 의결사항을 이행하고 회비를 납부하는 의무를 지닌다.

제6조(자격상실) 회원으로서 품위를 손상시키는 행위를 하거나 회비를 2년 이상 미납한 경우 이사회의 의결을 거쳐 회원자격을 심의한다.

제3장 기구
제7조(총회)

1. 총회는 본 회의 최고의결 기구로서, 회원으로 구성한다.

2. 정기총회는 연1회 회장이 소집하여 개최하는 것을 원칙으로 한다.

3. 임시총회는 이사회 또는 재적회원 1/3 이상의 소집요구에 의하여 개최할 수 있다.

4. 총회는 사업계획, 임원선출, 예산편성 및 결산, 회칙개정, 기타 중
   요사항을 심의 의결한다.

5. 총회는 재적회원 과반수의 출석으로 개최하고 출석 회원 과반수
   의 찬성으로 의결한다. 단, 회원은 위임장을 통해 의결권을 다른
   회원에게 위임할 수 있다.

제8조(이사회)

1. 이사회는 회장, 부회장, 이사로 구성한다.

2. 이사는 총무이사와 지역이사로 구성한다.

3. 이사회는 회장이 필요하다고 인정할 때나 임원 과반수의 요구가
   있을 때 소집한다.

4. 이사회는 총회 의결사항의 집행, 총회에 부의할 안건의 예비심사,
   업무집행 및 사업계획 운영, 기타 중요사항을 의결한다.

5. 이사회는 이사의 1/2 이상 출석으로 개최하고 출석인원 과반수의
   찬성으로 의결한다. 단, 이사는 위임장을 통해 의결권을 다른 이
   사에게 위임할 수 있다.

제4장 임원

제9조(구성) 본회는 회장, 부회장 3인, 총무이사, 감사, 지역이사 3인을
   둔다.

제10조(회장)

1. 회장은 정기총회에서 선출하고 그 임기는 2년으로 하고 연임할 수
   있다.

2. 회장은 본 회를 대표하며 본 회의 업무를 총괄한다.

제11조(부회장)

1. 부회장은 이사회에서 추대하고 그 임기는 2년으로 하고 연임할 수
   있다.

2. 부회장은 회장을 보좌하되, 회장 궐위 시에는 연장자가 업무를 대행한다.

제12조(감사) 정기총회에서 선출한다.

제13조(이사)

1. 이사는 회장이나 이사회의 추천으로 총회의 인준을 받아 임명하고 그 임기는 2년으로 하고 연임할 수 있다.

2. 이사는 이사회를 통하여 본 회의 업무에 관한 사항을 심의하며 회장으로부터 위임된 사항을 처리한다.

제14조(고문) 임원 외에 약간의 고문을 둘 수 있다.

1. '문학청춘' 발행인 또는 주간을 상임고문으로 둔다.

2. 고문은 발행인 추천으로 이사회에서 추대하고 임기는 별도로 정하지 않으며 회장과 이사회의 자문에 적극 협조한다.

제5장 재정

제15조(내역) 본 회의 재정은 회비, 찬조금, 기금, 기타 사업 수익으로 한다.

제16조(회비) 본회의 회비는 연회비로 납부한다.

1. 회원의 회비는 연회비로 20만원을 납부한다.

2. 임원의 회비는 연회비 30만원으로 한다.

제6장 사업

제17조(동인지 발간) 본 회원들의 작품(시와 산문)을 엮어서 매년 1회 동인지로 발간한다.

제18조(문학기행) 연1회 회원들이 거주하는 지역을 중심으로 문학기행을 한다.

제19조 동인지 발간 및 문학기행은 참가회원 중심으로 실시한다.

부칙

1. 본 회칙에 규정되지 않은 사항은 관례에 따른다.

2. 본 회칙의 개정은 이사회 혹은 재적회원 1/3 이상의 요구에 따라 발의할 수 있으며, 총회에서 출석회원 2/3 이상의 찬성으로 의결한다.

3. 본 회칙은 본 회의 제1차 정기총회의 의결을 거친 날로부터 효력을 발생한다.

4. 2017년 7월 8일 정기총회에서 논의된 내용은 차기 집행부가 권한을 위임받아 이사회를 거쳐 개정 공지한다.

문학청춘작가회 발자취

2015. 6. 16. 계간 『문학청춘』 사무실에서 유담 시인과 ·김영탁 주간이
　　　　　　'문학청춘작가회' 창립 발의

2015. 7. 14. '문학청춘작가회' 창립준비위원 5인(유담 · 이태련 · 홍지
　　　　　　헌 · 류인채 · 김영탁) 1차 창립 준비모임. 고문(이수익 · 김
　　　　　　기택 · 김영탁) 위촉.

2015. 7. 28. 2차 준비모임(김선아 시인 동참)

2015. 8. 18. 3차 준비모임(창립취지문 및 창립총회 최종 점검)

2015. 9. 5.　문학청춘작가회 창립 총회

　　　　　　초대회장 : 유담 시인.

　　　　　　부회장 : 이태련 수필가 · 홍지헌 · 김선아 · 류인채 시인

　　　　　　홍지헌 시인 시집 『나는 없네』 발행

2016. 7. 3. 제2회 정기총회

　　　　　　양민주 시인 시집 『아버지의 늪』 발행

　　　　　　백선오 시인 시집 『월요일 오전』 발행

　　　　　　류인채 시인 시집 『거북이의 처세술』 발행

2017. 7. 8.　제3회 정기총회

　　　　　　제2대 회장 : 민창홍 시인

　　　　　　부회장 : 김요아킴 · 손영숙 시인

　　　　　　지역이사 : 이선국 수필가, 양민주 시인

　　　　　　동인지 편집장 : 류인채 시인

2017. 11. 4. 임시총회

　　　　　　정기총회 날짜를 계간 『문학청춘』 창간 기념 행사에 맞추

기로 함.

김요아킴 시인 시집 『그녀의 시모노세끼항』 발행

손영숙 시인 시집 『지붕 없는 아이들』 발행

김선아 시인 시집 『얼룩이라는 무늬』 발행

2018. 1. 20. 문학기행 – 경남 창원 일원 8명 참가(경남문학관, 마산 시 의거리, 문신미술관)

김미옥 시인 시집 『어느 슈퍼 우먼의 즐거운 감옥』 발행

민창홍 시인 시집 『캥거루 백을 멘 남자』 발행

이나혜 시인 시집 『눈물은 다리가 백 개』 발행

2018. 11. 17. 문청동인지 창간호 『눈가에 가지 끝 수관 하나 심으면』 발행

제1회 문학청춘작가회 동인지 우수작품상 유담 시인 수상

2019. 6. 15. 문학기행 인천광역시 일원(차이나타운, 동화마을, 자유공 원, 월미도)

2019. 11. 9. 문청동인지 2호 『그날의 그림자는 소용돌이치네』 발행

제2회 문학청춘작가회 동인지 우수작품상 김미옥 시인 수상

2019. 11. 9. 정기총회

민창홍 회장 연임. 이일우 회원 수석부회장 추대

2019. 12. 류인채 시인 시집 『계절의 끝에 선 피에타』 발행

유담 시인 산문집 『늙음 오디세이아』 발행

이강휘 시인 시집 『내 이마에서 떨어진 조약돌 두개』 발행

2019. 12. 27. 손영숙 시인 대구문학 올해의 작품상 수상

2020. 4. 김요아킴 시인 시집 『공중부양사』 발행

이우디 시인 시집 『수식은 잊어요』 발행

2020. 6. 1. 추천 심의를 거쳐 충주에서 활동 중인 박상옥 시인 입회

2020. 10. 9. 김선아 시인 〈의제헌 김명배 문학상〉 수상

2020. 10. 18. 김요아킴 시인 제9회 백신애창작기금 받음

2020. 12.　문청동인지 3호「고양이가 앉아 있는 자세」발행

　　　　　　제3회 문학청춘작가회 동인지 우수작품상 민창홍 시인 수상

2021. 4. 2　이일우 시인 시집「여름밤의 눈사람」발행

2021. 7. 22　전병석 시인 시집「천변 왕버들」발행

2021. 12.　동인지 4호「참꽃」발행

　　　　　　제4회 문학청춘작가회 동인지 우수작품상 이일우 시인 수상

2022. 1. 25　민창홍 시인 시집「고르디우스의 매듭」발행

2022. 10. 20 김석 시인 시집「괜찮다는 말 참, 슬프다」발행

2022. 10. 31 박언휘 시인 시집「울릉도」발행

2022. 11. 11　김미옥 시인 시집「목련을 빚는 저녁」발행

2022. 11. 11　최정옥 수필집「프리지어꽃 필 때면」발행

2022. 12. 24 전병석 시인 시집「화본역」발행

2022. 12.　엄영란 시인 시집「장미와 고양이」발행

2022. 12.　동인지 5호「파킨슨 아저씨」발행

　　　　　　제5회 문학청춘작가회 동인지 우수작품상 손영숙 시인 수상

2023. 9.　유담 시인 산문집「의학에서 문학의 샘을 찾다」발행

2023. 10.　곽애리 시인 시집「주머니 속에 당신」발행

2023. 11.　손영숙 시인 시집「바다의 입술」발행

2023. 11.　양시연 시인 시집「따라비 물봉선」발행

2023. 12.　동인지 6호「성지곡 수원지」발행

　　　　　　제6회 문학청춘작가회 동인지 우수작품상 김요아킴 시인 수상